DISCOURS

PRONONCÉS

DANS L'ACADÉMIE

FRANÇOISE,

Le Jeudi 22 Décembre M. DCC. LXVIII.

A LA RECEPTION

DE M. L'ABBÉ DE CONDILLAC.

A PARIS,

Chez la V. REGNARD, Imprimeur de l'Académie Françoise, au Palais, à la Providence, & rue baffe des Urfins.

M. DCC. LXVIII.

M. l'Abbé de CONDILLAC *ayant été élu
par Messieurs de l'Académie Françoise,
à la place de M. l'Abbé* D'OLIVET, *y
vint prendre séance le Jeudi 22 Décembre
1768, & prononça le Discours qui suit.*

MESSIEURS,

JE ne me fais point illusion : c'est à votre in-
dulgence que je dois l'honneur de prendre place
parmi vous. Quoique vivement touché de ce bien-
fait, je ne chercherai pas à vous en témoigner ma
reconnoissance : l'expression en paroîtroit bien foible dans une circonstance & dans un lieu , où l'é-
loquence a coutume de vous présenter un hommage digne de vous : il sera de ma part plus pru-

dent de ne pas me hafarder au - delà des bornes, que me prefcrit mon genre d'études.

Après avoir effayé de faire l'analife des facultés de l'ame, j'ai tenté de fuivre l'efprit humain dans fes progrès. D'un côté, j'ai obfervé ces temps de barbarie, où une ignorance ftupide & fuperftitieufe couvroit toute l'Europe; & de l'autre, j'ai obfervé les circonftances, qui, diffipant l'ignorance & la fuperftition, ont concouru à la renaiffance des Lettres : deux chofes qui s'éclairent mutuellement, lorfqu'on les rapproche. Permettez-moi, MESSIEURS, de vous communiquer quelques réflexions fur ce fujet, & de vous offrir un développement dont le dernier terme eft la gloire des Académies.

Les Peuples, chez qui l'Hiftoire montre des vertus dirigées par les Loix, font ceux qui s'agrandiffent par degrés; & qui, conduits lentement par les circonftances, apprennent de l'expérience à fe gouverner. L'ignorance d'une multitude de befoins fuperflus les garantit long-temps d'une multitude de vices. La corruption n'arrive qu'après plufieurs fiècles; & lorfqu'elle arrive, elle trouve des ames amollies par le luxe, & par conféquent des hommes trop timides pour faire tout le mal, qu'ils fe permettroient avec plus de courage.

L'établiffement des Nations modernes de l'Europe préfente un tableau bien différent. Ce font des Barbares, qui, au fortir des forêts, fondent des Royaumes. Chaque jour dans des circonftances où tout eft nouveau pour eux, ils ne paroiffent pas s'en apercevoir. Ils se conduisent, comme ils se font toujours conduits : ils répètent continuellement les mêmes fautes : ils croyent que des Etats se gouvernent comme des Hordes. Enfin ne trouvant dans les débris de l'Empire qu'ils ont renversé, que les vices qui en ont préparé la chute, ils prennent ces vices ; &, sans passer par la molleffe, ils arrivent tout-à-coup à la corruption.

Ils font donc corrompus, sans être moins courageux ; & le courage ne leur reste que pour devenir l'instrument de leurs vices. C'est qu'ayant confervé tous les préjugés de leur premier genre de vie, ils font incapables de chercher dans les Loix un frein qui leur devient tous les jours plus néceffaire. Toujours jaloux de tout devoir à la force, toujours armés, leur avidité croît avec leurs fuccès, & elle croît d'autant plus qu'ils mettent toute leur gloire à l'affouvir par la violence. Ainfi leurs ames, humaines & généreufes lorfqu'ils habitoient les forêts, deviennent féroces dans l'enceinte des Villes ; & cette férocité est l'effet des befoins fuperflus, de ces mêmes befoins qui adouciffent les mœurs des Peuples civilifés.

L'Europe, après la ruine de l'Empire Romain, nous offre donc tout à la fois, & les vices des Nations barbares, & les vices des Nations polies : mélange monftrueux, qui ne permet plus aux Peuples de fe gouverner par des Loix ; & c'est-là le principe de cette inquiétude qui pouffe fucceffivement les générations de défordre en défordre.

Il femble que la Religion Chrétienne, donnée aux hommes pour établir parmi eux la juftice, la paix & l'union, devoit oppofer une digue à ce torrent: mais l'inftinct aveugle & brutal, qui conduifoit les Peuples, profana cette Religion fainte, & en pervertit la morale. La fuperftition, qui prit fa place, devint une arme de plus, & il en naquit de nouveaux troubles. Bientôt on ne vit que des fujets de diffenfions entre l'Etat & l'Eglife, la Nation & le Souverain, le Clergé, la Nobleffe & le Peuple. Cependant cette fuperftition, née de l'ignorance, l'entretenoit, & la devoit faire durer.

Lorfque les beaux temps de la Grèce ou de Rome s'éloignoient par une révolution lente, la corruption, qui avançoit par degrés, laiffoit quelques veftiges des anciennes mœurs. Si le fouvenir s'en affoibliffoit d'une génération à l'autre, il ne s'effaçoit pas entièrement. Les pères qui les retraçoient aux enfans, les faifoient au moins refpecter. On les admiroit, on les regretoit, on les réclamoit: quelquefois même on fe livroit à l'illufion de les voir renaître.

Mais les Peuples de l'Europe, corrompus dès leur établiffement, étoient fans regrets comme fans efpérance. Les pères, en difant aux enfans ce qu'ils avoient vu, ne difoient que ce qu'on voyoit encore, des vices & des calamités. L'expérience du paffé ôtoit donc jufqu'à l'illufion fur l'avenir, & les Peuples étoient malheureux, comme ils l'auroient été, fi c'étoit la Nature qui les eût condamnés à l'être.

C'eft que l'opinion feule les gouvernoit. Ils refpectoient en elle, ils adoroient, fi j'ofe le dire, jufqu'aux abus qu'elle confacre. Cette puiffance aveugle, femblable à cette ame univerfelle que des Philofophes ont imaginée dans le chaos, agitoit l'Europe par des mouvemens convulfifs, & entretenoit des défordres qui devoient durer après elle. Les Peuples ne voyoient donc que des objets de terreur & de défefpoir, lorfque, fuccombant fous leurs calamités, ils crurent que la fin du monde pouvoit feule en être le terme, & ils jugèrent que tout la leur annonçoit. Alors commençoient les querelles entre le Sacerdoce & l'Empire, & bientôt après les Croifades portèrent en Afie les inquiétudes & les vices de l'Europe.

Cette double époque eft remarquable. C'eft le temps où les défordres font à leur comble; & c'eft auffi celui où les caufes, qui préparent un meilleur ordre de chofes, commencent à fe montrer.

L'Europe étoit un corps vicié jufques dans les principes de la vie. Il falloit l'affoiblir, pour lui faire un nouveau tempérament : c'eft à quoi les Croifades contribueront.

Elle étoit viciée, parce qu'elle étoit ignorante & fuperftitieufe. Il falloit donc l'éclairer : ce fera l'effet des querelles entre le Sacerdoce & l'Empire. Mais des fiècles pafferont avant que cette révolution foit achevée : parce que moins les préjugés trouvent d'obſtacles, quand ils ſe répandent, plus on en trouve, quand on les veut détruire. Pour les attaquer avec ſuccès, il faut avoir appris à les combattre : il faut même trouver dans les eſprits des diſpoſitions favorables : il faut qu'ils ſoient préparés de loin, & qu'ils ayent adopté, ſans en avoir prévu les conſéquences, des maximes avec leſquelles leurs préjugés ne pourront plus ſubſiſter.

Il y avoit alors environ un ſiècle, qu'on alloit chercher des connoiſſances dans les Ecoles des Arabes ; & on en avoit rapporté un jargon qu'on prenoit pour une ſcience. La Dialectique, qui ne porte que ſur des mots, paroît tout prouver. Favorable, par conſéquent, aux opinions d'un ſiècle où, pour avoir des titres, il ſuffiſoit d'avoir des prétentions, elle fut accueillie & protégée. Elle ouvrit la route aux honneurs, aux richeſſes, à la célébrité. De-là tant de queſtions plus frivoles encore que ſubtiles, tant de diſputes de mot, tant d'erreurs ou d'héréſies. La manie de diſputer, croiſſant par les applaudiſſemens, devint un vrai fanatiſme, & ſéduiſit juſqu'aux meilleurs eſprits. On vit les Dialecticiens aller d'école en école rompre des argumens, comme alors les Chevaliers alloient de tournois en tournois rompre des lances.

Si on ne s'éclaira pas dans le douzième & dans le treizième ſiècles, ce ne fut donc pas faute d'études. Mais le faux ſavoir, plus funeſte encore que l'ignorance, avoit aſſervi les eſprits : il régnoit

comme

comme un impofteur, fous le nom d'un Prince qui n'eft plus, règne par la crédulité des Peuples.

En vain quelques bons efprits s'élevoient de temps en temps contre ces abus: les coups qu'ils portoient au fantôme adoré dans les écoles, étoient un fcandale. Pour amener de meilleures études, il falloit que les héréfies & les guerres, qui devoient naître des querelles entre le Sacerdoce & l'Empire, ne laiffaffent que des débris; & que le faux favoir fût enfeveli fous les ruines du trône qu'il avoit ufurpé. Cette révolution n'étoit pas prochaine: le Peuple & la Nobleffe, également plongés dans les ténèbres de la fuperftition, aimoient à refter dans celles de l'ignorance; & le Clergé, dont les lumiè- res n'étoient pas encore en proportion avec le zèle, fembloit craindre les études profanes, comme fi elles euffent été contraires à la foi. Cependant, dès le commencement du quatorzième fiècle, on pou- voit prévoir la révolution: le goût, qui naiffoit en Italie, en étoit le préfage: Le Dante, Pétrarque & Boccace floriffoient.

La raifon fe développe fans effort, tant que nous l'exerçons fur des objets peu compliqués: mais impuiffante par elle feule à manier les autres, elle eft comme nos foibles bras, elle a befoin de le- viers. Ce n'eft qu'à force de méthodes qu'elle nous élève à des connoiffances; & fi elle ne s'en fait pas, nous nous égarons d'autant plus que l'erreur a fou- vent pour nous plus d'attrait que la vérité. Voilà pourquoi les progrès de l'art de raifonner ne peu- vent être que fort lents.

B

Il n'en eft pas de même du goût. Il fe développe de lui-même, auffi-tôt qu'un Peuple commence à s'éclairer. Il eft proprement l'aurore du jour qui va luire, & il prépare l'entier développement de toutes les facultés de l'ame. C'eft que les chofes dont il s'occupe nous intéreffent par l'attrait du plaifir; c'eft qu'on ne nous trompe pas fur ce que nous jugeons agréable, comme on peut nous tromper fur ce que nous jugeons vrai; c'eft que le beau, une fois faifi, devient un objet de comparaifon pour le faifir encore, & toujours plus furement. Nous en obfervons mieux les fentimens que nous éprouvons : nous en obfervons mieux les caufes qui les produifent; & nous faifant une habitude de juger du beau d'après les obfervations qui nous font familières, nous arrivons enfin à en juger fi rapidement, que nous croyons ne faire que fentir. Ainfi le goût eft un jugement rapide, qui joignant la fineffe à la fagacité, fe fait comme à notre infçu: c'eft l'inftinct d'un efprit éclairé.

Dès qu'une fois le goût commence à fe montrer, il fe communique avec une promptitude qui contribue encore à fes progrès. Il eft dans les efprits, comme la matière électrique dans les corps, lorfque le frottement ne l'a pas développée, & qui, fi elle fe développe dans un feul, fe développe dans tous au plus léger attouchement. Auffi à peine le Dante jette des étincelles, qu'il en fort de Pétrarque, de Boccace & de tous les efprits électriques.

Pour nous former le goût, il ne fuffit pas d'étudier les Langues mortes, il faut encore cultiver celle qui nous eſt devenue naturelle, parce que c'eſt dans cette Langue que nous penſons. Les tours dont elle nous fait une habitude, ſont comme les moules de nos penſées. Tant que ces moules ſont groſſièrement faits, nos penſées, qui en prennent la forme, ſont ſans clarté, ſans préciſion, ſans élégance. Alors vainement étudions - nous les Ecrivains de la Grèce ou de l'ancienne Rome : nous ſommes peu capables d'en ſentir les beautés ; nous ne les ſentons au moins que d'une manière confuſe ; & ſi nous en voulons déterminer les principes, nous nous faiſons des règles qui ne peuvent que nous égarer.

Il eſt donc aiſé de juger que les progrès du goût devoient être retardés en Italie, ſi on ceſſoit d'y cultiver l'Italien, pour ſe livrer uniquement à l'étude des Langues mortes. C'eſt ce qui arriva au commencement du quinzième ſiècle, & plus encore après la priſe de Conſtantinople, lorſque les Grecs, ces Grecs à qui on attribue fauſſement la renaiſſance des Lettres, étouſferent le goût qui en eſt le premier germe, & mirent à ſa place une érudition pédanteſque & peu éclairée. Alors l'Italie ſe diviſa en deux ſectes ; les Erudits, qui reſpectoient les Anciens juſqu'à une eſpèce d'idolâtrie ; & les Scholaſtiques, qui accuſoient d'athéiſme, d'impiété ou d'héréſie, quiconque ſe piquoit de parler comme Cicéron. Que pouvoit-on attendre d'un ſiècle attaché à des diſputes ſi frivoles ?

Dans le ſuivant, l'Italie eut des eſprits plus

B ij

ſages : on cultiva la Langue Italienne, on acheva de la perfectionner, on fut en état de lire les Anciens avec plus de diſcernement. Le goût, qui ſe développoit dans les Poëtes, ſe communiqua bientôt à tous les Arts : la lumière ſe répandit de proche en proche ſur tous les objets qu'on voulut étudier. Parce qu'on raiſonnoit mieux ſur le beau qu'on ſentoit, on en raiſonna mieux ſur le vrai dont on commençoit à juger ; & l'Italie eut tout à la fois de grands Ecrivains, de grands Artiſtes & de grands Philoſophes.

Il ne faut pas s'étonner ſi tous les genres ſe perfectionnent rapidement & preſqu'au même inſtant. Ce n'eſt point en les cultivant les uns après les autres, que la Grèce s'eſt éclairée. Plus occupée à les rapprocher qu'à les écarter, elle les a cultivés tous à la fois, & c'eſt ainſi qu'il les faut étudier. Les limites que nous élevons pour circonſcrire chaque ſcience, interceptent la lumière, & jettent néceſſairement des ombres. Enlevons ces limites, auſſi-tôt les ombres ſe diſſipent : la lumière, qui ſe répand librement, réfléchit de deſſus les objets que nous obſervons, pour retomber ſur ceux que nous voulons obſerver, & par ces reflets tous s'éclairent.

Les Génies, à qui l'Italie doit la renaiſſance des Lettres, ont d'autant plus de mérite, qu'ils ont eu à lutter contre les préjugés, qui faiſoient durer les études du quinzième ſiècle. Car l'Italie étoit tout à la fois le théâtre du bon goût & d'un goût dépravé, de la ſaine Philoſophie & du jargon des Sectes, de

la raifon qui s'éclaire par l'obfervation, & de l'o-
pinion qui craint d'obferver.

Plus heureux que les Italiens, parce que nous
fommes venus plus tard, notre Langue s'eft per-
fectionnée dans des circonftances plus favorables.
C'eft dans le dix-feptième fiècle, lorfque les dif-
putes fans nombre, élevées dans le précédent,
commençoient à ceffer, ou que du moins on ne
les foutenoit plus avec le même fanatifme. L'admiration pour les Anciens étant mieux raifonnée,
& par conféquent moins exclufive, la Langue
Françoife attira l'attention des meilleurs efprits.
Elle fe polit par leurs foins : le goût fe forma avec
la Poëfie : les progrès en furent parmi nous auffi ra-
pides qu'ils l'avoient été parmi les Italiens ; &
comme eux nous eumes tout à la fois des Poetes,
des Orateurs, des Philofophes & des Artiftes.

En vain François Ier, le Protecteur des Lettres,
s'étoit flatté, un fiècle auparavant, d'en être le
Reftaurateur. L'érudition aveugle, qui fe répandoit
alors en France, éteignoit le goût qui commençoit avec Marot ; & les Lettres ne pouvoient
pas renaître dans un fiècle, fait pour admirer
Ronfard.

Tout les favorifoit au contraire fous Louis XIII,
lorfque Richelieu s'en déclara le Protecteur. Ac-
coutumé à être l'ame des révolutions politiques,
ce grand Homme voyoit avec un noble dépit celle
qui fe préparoit fans lui dans les efprits & dans
les Lettres. Jaloux en quelque forte d'une gloire

que les circonſtances paroiſſoient lui dérober, am-
bitieux de concourir au moins avec elles, il voulut
encore être l'ame de la révolution qu'elles ame-
noient. Il fonda donc cette Académie, il la prit
ſous ſa protection ; & ſe montrant à la poſtérité
comme le mobile des progrès de l'eſprit humain,
il parut ſe mettre à ſa place. Après lui, Séguier,
qui rempliſſoit la première Magiſtrature avec l'éclat
que donnent les lumières & les vertus, vous tendit
les bras, & parut vous recevoir comme un dépôt
réſervé à des mains plus auguſtes encore.

Louis le Grand, dont les bienfaits alloient
chercher les talens juſques chez l'Etranger, eût cru
paroître ignorer ceux qui floriſſoient ſous ſon
empire, ſi ſe repoſant ſur un Miniſtre du ſoin de
les récompenſer, il n'eût pas été lui-même le diſ-
penſateur immédiat des graces qu'il vouloit répandre ſur eux. C'eſt dans cette vue qu'il mit votre
Compagnie au nombre des Corps qui approchent
du Trône ; il jugea qu'il ajoutoit par là un nouveau
luſtre à ſa couronne, & cependant il vous accorda
cet honneur dans les temps les plus brillans de ſon
règne.

Vous ne pouviez plus avoir que vos Rois pour
Protecteurs, & Louis le Grand vous aſſuroit la
protection de Louis le Bien-aimé. Le Bien-aimé !
çe titre donné par le ſentiment dans ces momens
où la vérité ſe fait entendre par la bouche des
Peuples, renferme tous les autres titres. S'il exprime
l'amour des Sujets pour le Souverain, il exprime

auffi l'amour du Souverain pour les Sujets. Ceux-ci peuvent dire : nous avons un Père dans notre Roi ; & le Roi dit : *tous mes Sujets font mes Enfans.*

J'ai été, MESSIEURS, le témoin des épanchemens de cette ame paternelle : l'honneur que j'ai eu d'être chargé de l'inftruction d'un de fes Petits-Fils, m'en a rendu en quelque forte le confident. Que j'aimerois à mettre fous vos yeux les détails intéreffans de leur commerce! Vous y verriez le Monarque fenfible, répandre tour à tour les plus fages confeils pour la conduite, & les plus touchantes confolations dans les malheurs; vous y verriez le jeune Prince, digne du fang qui coule dans fes veines, recevoir ces belles leçons avec la plus tendre docilité, y répondre par les progrès les plus fatisfaifans, & ne me laiffer prefque d'autre foin que celui de concourir avec les heureufes difpofitions qui étoient en lui.

Les Lettres font affurées de n'être pas retardées dans leurs progrès, lorfque des Protecteurs, tels que les vôtres, joignant la lumière à l'autorité, écartent les obftacles que l'ignorance ne ceffe jamais d'accumuler; & c'eft en les écartant, que leur protection a la plus grande influence. Cependant, MESSIEURS, vous le favez, le beau fiècle de Louis XIV n'a pas porté tous les genres de Littérature au même degré de perfection. Les Poetes à la vérité & les Orateurs, ne laiffoient rien à défirer : les Philofophes avançoient à grands pas dans la route des découvertes; mais l'érudition n'étoit pas encore fans ténèbres, & la faine critique étoit à naître. C'eft que les Erudits, qui, dans la prévention où ils étoient pour les Anciens, paroiffoient refufer aux Modernes la faculté de penfer, ne pouvoient apercevoir que malgré eux, & par conféquent fort tard, la lumière qui fe répandoit, & dont ils avoient befoin pour étudier l'antiquité. Enfin ils l'ont aperçue, cette lumière, ils fe la font appropriée, & ils l'ont portée dans leurs Ouvrages.

Tel eft donc, MESSIEURS, l'ordre des progrès de l'efprit humain, depuis la renaiffance des Lettres. Le goût a commencé avec l'étude des Langues vulgaires ; il s'eft perfectionné, lorfqu'il a eu fait affez de progrès, pour puifer avec difcernement dans les Anciens. La Philofophie fe montrant auffi-tôt, nous avons eu de grands Philofophes, comme de grands Poëtes ; & lorfqu'elle a eu forcé l'érudition à renoncer enfin à fes vieux préjugés, nous avons eu encore d'excellens Critiques, & d'excellens Littérateurs.

Parmi eux fe diftingue M. l'Abbé d'Olivet, à qui j'ai l'honneur de fuccéder. *Une très-vive admiration pour quelques-uns des Anciens s'empara de lui dès l'enfance,* comme il le dit lui - même , *& devint l'ame de fes études.* Mais fon admiration, quelque vive qu'elle pût être, ne fut point aveugle. C'eft Démofthène, c'eft Cicéron qu'il admiroit ; & les traductions qu'il en a données, prouvent qu'il les avoit lûs en homme de goût, & qu'il avoit

étudié

étudié fa Langue en Grammairien qui fait obferver l'ufage. Ce caractère fe retrouve dans les
obfervations qu'il a données fur la Profodie &
fur la Grammaire ; & on voit que M. l'Abbé
d'Olivet a fu parler fa Langue , comme il a fu
penfer avec les Anciens.

Si j'ajoutois encore quelque chofe à fon éloge,
je craindrois, MONSIEUR, de paroître vouloir
vous enlever le plaifir de célébrer la mémoire d'un
Ami. D'ailleurs perfonne ne peut mieux que vous,
montrer dans leur vrai jour les talens d'un Ecrivain
qui a cultivé les Lettres avec fuccès : nous en
avons pour garants votre goût & vos lumières.

C

Réponse de M. l'Abbé *BATTEUX*, *Directeur de l'Académie Françoise*, *au Discours de M. l'Abbé* DE CONDILLAC.

MONSIEUR,

IL y a long-temps que vous avez fourni vos titres pour être admis dans cette Compagnie. Dès que votre premier Ouvrage parut, dans ce moment si critique pour les Auteurs, & si décisif pour les réputations littéraires, elle arrêta, ainsi que le Public, ses regards sur vous, & conçut, comme lui, des espérances que vous avez remplies.

Notre siècle, qui s'agite pour trouver le mieux, & qui véritablement le trouve quelquefois, sans détruire le bien, sentoit le besoin d'une Métaphysique plus naturelle, & plus simple que celle qu'on avoit eue jusqu'ici. On attendoit quelqu'un qui démêlât avec plus de netteté le labyrinthe de nos pensées, & qui nous en donnât la vraie généalogie, dégagée de tout ce qui pouvoit l'embarrasser ou l'obscurcir. C'est le plan de travail que vous avez choisi, & que vous avez exécuté avec tous les succès du talent & du génie : des idées claires & distinctes, liées entr'elles par elles-mêmes ; des expreffions toujours juftes , lors même qu'elles font brillantes & figurées ; par tout un ftyle fain , élégant , de cette élégance des Géo-mètres , qui écarte tout ce qui pourroit offufquer la raifon : c'étoit le fublime de votre genre.

Un Prince d'un Sang augufte (1) a eu l'avan-tage , en defcendant du berceau , de rencontrer votre main pour lui ouvrir les yeux , & pour gui-der fes premiers pas. Quel fruit n'a-t-il pas dû re-cueillir de ces méditations profondes , qui avoient pour objet le cœur & l'efprit humain ? Avec quel fuccès vos obfervations fe font portées , non plus fur cette Statue , animée par une fiction auffi in-génieufe que philofophique (2) ; mais fur une de ces ames privilégiées qui renferment les germes du bonheur des Nations ? Perfuadé que les idées qui naiffent des objets mêmes , font plus juftes , plus franches , plus fécondes que celles qui , atta-chées à des mots , ne font jamais ni rendues , ni reçues fans perte ; vous avez fait de cet art fi verbeux dans le vulgaire des Educateurs , un art prefque muet. Vous avez laiffé parler les grands exemples , d'où fortent toujours les grandes véri-tés ; ne vous réfervant prefque que le mérite d'af-furer votre augufte Elève dans les notions qu'il auroit prifes de lui-même , & d'affermir les juge-mens qu'il auroit portés. Modèle nouveau , tracé

(1) Son Alteffe Royale l'Infant Duc de Parme.
(2) Allufion au Traité des Senfations de M. l'Abbé de Condillac.

à ceux qui entreront dans la même carrière, &
qui auront la force d'y atteindre.

Après des travaux ſi glorieux pour vous & pour
les Lettres, qui mieux que vous, MONSIEUR,
pouvoit ſuccéder à l'illuſtre Académicien que nous
regrettons?

Les ſervices que M. l'Abbé d'Olivet a rendus
aux Lettres, pendant une longue vie qu'il leur a
conſacrée ſans réſerve; ſon zèle pour cette Compagnie, dont il a ſuivi l'objet pendant quarante-cinq
ans ſans diſtraction; l'attente même des Gens de
Lettres, qui, la plupart, ont été accoutumés, dès
l'enfance, à reſpecter ſon nom, exige que je m'é-
tende un peu au-delà des bornes ordinaires. Me
ſera-t-il permis d'y ajouter les droits qu'il avoit
ſur ma reconnoiſſance? Et à cet égard, je rends
graces au ſort de m'avoir mis à portée de la publier
aujourd'hui, & d'en acquitter quelque partie, en
lui payant le tribut qui lui eſt dû.

Je ne chargerai point ſon tombeau d'éloges
faſtueux. Je regarde comme une portion du reſ-
pect que je lui dois, de ne le louer que comme
il auroit voulu l'être, comme il a loué les Hommes célèbres de cette Compagnie, par la ſimple
vérité. Son portrait d'ailleurs n'eſt pas de ceux
qu'on peut peindre, moitié de tête, moitié d'a-
près nature. Il ne s'agit ni de ces nuances légères
& délicates qu'on ne ſaiſit que par haſard, ni de
ces traits fins & ſubtils qui ont beſoin d'yeux
pénétrans, ſouvent prévenus, pour être apperçus:

ce font des traits forts qui n'ont échappé à perfonne : un grand fens, un goût auftère, un jugement fûr, une littérature auffi choifie qu'étendue ;
& ce qui eft la fuite de tout cela, un caractère
ferme, des mœurs graves, une élocution fenfée,
prefque fententieufe. J'ajoute, ce qui peut fur-
prendre par le contrafte, la plus tendre humanité
pour les malheureux, & la volonté la plus déter-
minée d'obliger tout le monde fans diftinction,
au rifque d'être trompé, & même après l'avoir été.
C'eft ainfi que je l'ai toujours vu depuis près de
trente ans.

Né fort & robufte d'ame & de corps, quand on
eût voulu lui donner une éducation molle, il l'eût
repouffée par fon caractère. Son père, depuis
Confeiller au Parlement de Franche-Comté, def-
fina lui-même fur cette table rafe, les premiers traits
qui décident du refte de la vie. Un oncle, célèbre
dans cette Société fameufe, qui a difparu du mi-
lieu de nous, joignit fes leçons à celles d'un père
éclairé. L'admiration de cet oncle, l'attrait des
Lettres, une certaine ferveur de jeuneffe, lui firent
prendre l'habit des Jéfuites, qu'il porta jufqu'à
trente - trois ans (3), & qu'il leur renvoya affez
brufquement, après avoir follicité trop long-temps,
à fon gré, la permiffion de le quitter.

---

(3) Il fe nommoit chez eux le Père *Thouiller*. C'étoit le nom de
fa mère, qu'il devoit porter comme aîné, par des arrangemens de
famille.

Occupé pendant cet intervalle de l'enfeigne-
ment public, il fe donna à lui-même cette fe-
conde éducation, dont la première n'eft jamais
qu'une ébauche. Il n'eût tenu qu'à lui de s'annon-
cer comme poëte, ou d'être prédicateur du premier rang. Ses effais poëtiques auroient rempli un
jufte volume : & de fes fermons il avoit déja fourni
un carême à Grenoble. Il jugea dans la fuite qu'il
pouvoit être permis à un Efprit férieux de fe dé-
laffer à lire des vers ; mais qu'il falloit laiffer aux
Defpréaux & aux Racines la peine & le plaifir de
les faire. Les fonctions de la prédication tenoient
principalement à fon habit. Que pouvoit-il faire
de mieux, quand il l'eut quitté, que de fe livrer à
ce Genre mêlé de littérature & de philofophie, qui
nourrit l'ame & exerce en même temps l'efprit ? Ce
fut ce qui l'attacha fi particulièrement à Cicéron ;
parce qu'il ne trouvoit nulle part, dans aucun des
Anciens ni des Modernes, une fource fi vive, fi
pure, fi abondante de morale & de goût.

Quelque temps avant fa fortie des Jéfuites, on
le preffa de fe charger de l'éducation du Prince des
Afturies. Mais il étoit dans un de ces momens, où
l'avant-goût de la liberté efface toute idée d'autre
bien, & où l'ombre d'une chaîne effraie, la chaîne
fût-elle d'or. Il aima mieux venir à Paris, vivre dans
le fein des Lettres, d'une penfion que l'habitude
de la frugalité lui rendit fuffifante, que d'aller fous
un ciel étranger, jeter les fondemens d'une fortune
dont il ne fentoit pas le prix, & qui l'eût embar-

raffé. Il se fit en peu d'années une telle réputation, que lorsqu'il étoit occupé à rendre les derniers soins à un père mourant, l'Académie le choisit, absent, par la seule considération de son mérite. Il n'eut besoin que d'un ami, pour répondre à l'Académie de son désir.

L'étude de la Langue Françoise devint alors son amour de préférence, sa pensée habituelle, qu'il portoit toujours avec lui ; écoutant avec attention ceux qui parloient bien, recueillant les phrases faites, les gallicismes, les variations de l'usage. Tel qui croyoit le consulter comme arbitre, se trouvoit souvent pris pour juge, & jugeoit sans appel.

Il se montra à l'Académie tous les jours, & toujours le même : singulièrement instruit de tout ce qui appartenoit à la Langue ; ennemi des innovations, parce qu'il croyoit que la naissance d'un mot étoit ordinairement la mort d'un autre; faisant la guerre à tout ce qui lui paroissoit affectation ou bel esprit. Connu de Despréaux, ami de l'Abbé Fraguier, de Boivin, des Daciers, de tous ceux qui avoient épousé la querelle des Anciens, il usoit de temps en temps de leurs armes contre MM. de la Mothe & de Fontenelle; mais ces démêlés ne partant que d'un fond d'amour pour les Lettres, ne dégénérèrent jamais en personnalités. Si quelquefois son zèle se faisoit sentir, parce qu'il défendoit une cause qui n'étoit point la sienne; ses Adversaires, qui avoient l'air de défendre la leur, le modéroient aisément par leur exemple.

Que dirai-je de ſes Ouvrages, que le Public n'ait dit il y a long-temps ? M. l'Abbé d'Olivet a vu lui-même le jugement de la Poſtérité ſur lui. Car dès qu'une fois le Public n'a plus rien à attendre d'un Auteur, il le juge comme s'il n'étoit déja plus ; & dès ce moment la Poſtérité commence. M. l'Abbé d'Olivet a écrit avec force, avec netteté, avec ſimplicité, ne montrant l'art que dans la méthode, le cachant ſoigneuſement dans tout le reſte. Il étoit ſi éloigné de tout apprêt, que loin d'aiguiſer aucune de ſes penſées, comme on le fait quelquefois, il en eût briſé la pointe pour la rapprocher du ſimple bon ſens. J'appelle ici *bon ſens*, non une chaîne lâche & traînante d'idées inſipides & triviales ; mais un tiſſu plein & ferré de penſées naturelles, & pourtant choiſies, qui n'ont que le ſel de ces nourritures ſaines, dont le goût eſt toujours nouveau, parce qu'elles n'uſent point le goût ; qui exercent l'eſprit ſans le tourmenter, & l'éclairent ſans l'éblouir ; qui entrent dans l'ame, qui la pénètrent, la remuent ſans la troubler ; qui la troublent quelquefois, mais par la force ſeule & l'éclat de la vérité : en un mot le bon ſens de Démoſthène, qui mettoit Athènes en feu, & qui ſemble aujourd'hui preſque froid à ceux qui voudroient que chacun de ſes mots fût un bon mot, & chaque penſée un éclair. M. l'Abbé d'Olivet étoit bien éloigné de penſer ainſi. Il ſembloit craindre de ſe rendre complice d'un Lecteur frivole, ou de montrer la moindre complaiſance pour un ſiècle qu'il croyoit plus

foible

foible que délicat, plus ingénieux & rafiné que ju-
dicieux : en quoi il fe trompoit fans doute ; n'y en
eût-il de preuve que l'accueil que ce même fiècle a
fait à fes Ouvrages.

Il a continué l'Hiftoire de l'Académie depuis
1652 jufqu'en 1700. M. Peliffon a pris la forme
épiftolaire, convenable à un fujet, où il faut quelquefois defcendre du fimple jufqu'au familier. M.
l'Abbé d'Olivet n'ofant, dit-il, lutter contre un fi
grand Maître, a choifi une autre forme ; mais cette
forme étoit plus difficile, & il n'a pas eu moins de
fuccès.

Il eft le premier qui ait rédigé en art la durée
de nos fyllabes, & qui ait fait voir que la Profodie françoife n'avoit befoin pour exifter, que
d'être reconnue.

Il nous a donné des Effais de Grammaire, qui
font des modèles. Il eût voulu qu'on eût ôté de ce
genre toutes les épines, bien loin d'y en ajouter.

On connoît la précifion & la fineffe de fes Remarques fur Racine. Quel travers abfurde d'aller
prendre ces remarques pour un acte d'hoftilité, &
de vouloir *venger Racine* d'un hommage qu'on lui
rendoit ! M. l'Abbé d'Olivet avoit fait le même
honneur à Defpréaux ; parce qu'il regardoit ces
deux Auteurs comme les plus claffiques, c'eft-à-
dire les plus parfaits de notre Langue. Il fupprima
ce dernier ouvrage dans un de ces momens où
l'amour-propre des Auteurs femble quelquefois fe
piquer contre lui-même, & où le moindre dégoût
leur fait facrifier leur plus chère production.

D

Il regardoit la traduction comme un combat de rivalité & d'honneur entre les deux Langues de comparaifon ; & penfoit que la partie ne pouvoit être inégale pour la nôtre, que par la faute du Traducteur. Non, difoit-il, ce n'eft point la Langue françoife qui manque à nos Ecrivains ; ce font les Ecrivains qui manquent à la Langue : c'eft le foin, le travail, & fur-tout la patience. Il prétendoit que la profe avoit befoin d'être travaillée autant & auffi long-temps que les vers ; & que fi nous voulions nous en donner la peine, comme les Grecs & les Latins, la Langue Françoife ne feroit ni pauvre, ni foible, ni rebelle. L'eft-elle dans Racine, dans Molière, dans Fenelon ? Mais la plupart de nos Ouvrages, ajoutoit-il, ne font que des accouchemens à mi-terme, & c'eft pour cela qu'ils ne vivent point.

Ce fut le hafard qui le fit Traducteur. Il s'agiffoit de revoir quelques traductions de M. de Maucroix. Le jeune Littérateur plein de feu, les refit d'un bout à l'autre, & les donna au public fous le nom de Maucroix. Lorfque dans la fuite il voulut revendiquer fon propre bien, il eut à combattre, & fut obligé de produire fes titres.

Sa traduction des Entretiens de Cicéron fur la nature des Dieux, & l'édition qu'il fit à peu près dans le même temps du fameux Traité de M. Huet (4), lui attirèrent un démêlé, dans lequel il

_____

(4) *De la Foibleffe de l'Efprit humain.*

entroit quelque chofe de plus que le fimple litté-
raire. Il fe défendit en homme offenfé, qui fent fa
force & l'évidence de fon droit. Il eft des cas où
il faut répondre, & répondre pour n'y plus revenir.
Je dirai à cette occafion qu'il avoit écrit, & tra-
vaillé avec une forte de complaifance, une Hiftoire
de l'Académie d'Athènes, qui auroit figuré avec
celle de l'Académie françoife ; mais comme cet
Ouvrage pouvoit avoir trait à celui *de la foibleffe de*
l'Efprit humain, il eut le courage de le brûler, pour
n'être point tenté de s'expofer à de nouvelles prifes
avec l'ignorance & la malignité.

Je dois dire auffi, pour honorer fon défintéreffe-
ment & fa façon de penfer, que ce fut la Cour
d'Angleterre qui lui propofa d'abord de faire une
magnifique édition de Cicéron. Il montra les lettres
à M. le Cardinal de Fleuri : & oubliant les riches
promeffes de l'étranger, il confacra à l'éducation de
Monfeigneur le Dauphin le travail qu'il eût offert
au Duc de Cumberland. Quand cet Ouvrage long
& pénible fut achevé, on lui donna une penfion
de 1500 livres fur la caffette. Il fut plus flatté de
cette diftinction que d'une récompenfe.

Il eft aifé de concevoir qu'un homme qui a été
fi long-temps, & avec tant d'éclat, fur le théâtre
des Lettres, fût en liaifon avec tout ce qui tenoit
un certain rang dans la Littérature. A peine fevré
des claffes, il étoit l'ami de Maucroix. A vingt-
quatre ans, il étoit lié avec M. l'Evèque de Soif-
fons & toute la Maifon de Sillery ; avec M. Huet,

avec le fameux Hardouin, avec le P. Tournemine, avec tout ce qu'il y avoit alors de Jésuites célèbres: & il y en avoit. Despréaux fentit fon ftyle, différent de celui de Maucroix, & le juge. digne de corrections faites de fa main. Il fut en commerce d'intimité avec l'Horace françois, qui lui confioit fes penfées & les déplaifirs de fon exil. Le Préfident Bouhier lui fut attaché de cœur. Newton & Pope le traitèrent à Londres comme Clément XI l'avoit traité auparavant à Rome, avec une diftinction qui fuppofoit une haute eftime & une réputation peu commune. Il avoit l'accès le plus familier chez M. le Cardinal de Fleuri. M. de Mirepoix l'écoutoit avec confiance. Ces deux Prélats, dépofitaires des graces, furent plus d'une fois étonnés de fon zèle pour les autres, & de fon indifférence pour lui-même. Ce n'eft pas qu'il n'eût pu fe donner des befoins, comme tant d'autres qui ont plus que le néceffaire ; mais une demande à faire lui eût plus coûté que fes défirs à modérer. Sans attache, même à ce qu'il poffédoit, vertu affez rare dans un grand âge, il aima mieux jouir de la reconnoiffance de fes neveux (5), que de fes épargnes.

Dès qu'il fe fentit affoiblir, il fit la revue de fes papiers, & fupprima tout ce qui pouvoit paroître

---

(5) M. d'Olivet, Préfident à Mortier au Parlement de Befançon. M. l'Abbé d'Olivet, Chanoine de l'Eglife de Befançon. M. de Chamolle, Lieutenant - Colonel du Régiment de Condé. M. d'Olivet, Capitaine des Grenadiers du Régiment d'Auvergne.

inutile à un efprit peut-être trop près du terme pour apprécier ces objets. Cette rigueur nous a privés de quantité de détails fur fa vie, & de plufieurs morceaux intéreffans pour les Lettres.

Il avoit chaque femaine un jour de réferve qu'il paffoit feul avec lui-même ; laiffant fon ame ouverte à toutes les penfées que lui ramenoient fes longs fouvenirs ; comparant les âges, les fins, les variations de la vie ; de la fienne & de celle de fes amis, qu'il avoit tous perdus ; parce que dans fes liaifons il avoit plus cherché la conformité des goûts que celle des années. Il ne lui reftoit que fon cœur, auffi ferme que fa raifon, & un petit nombre de livres, amis de tous les temps, qui le confoloient.

Ce fut à l'Académie qu'il fentit les premières atteintes de la maladie qui nous l'a enlevé. Je le fuivis. Je le revis le lendemain, avec tous les fymptomes qui caractérifoient le plus preffant danger. Il les voyoit lui-même, & m'en parla fans détour, comme d'un événement qui ne l'auroit point regardé : *Ce foir, cette nuit, quand on voudra, j'ai tout prévu.* Et auffi-tôt il paffa à d'autres objets qui occupèrent long-temps la converfation, fans qu'aucun mouvement d'inquiétude le ramenât à fon état. Il conferva cette égalité d'ame jufqu'à la fin : fans ennui dans la même fituation pendant deux mois ; fans plainte dans fes douleurs ; parlant fouvent de Dieu avec confiance, & des Lettres par diftraction. Il mourut ainfi, dans la fécurité d'un homme qui a fait un ufage légitime de fes talens, & qui n'a rien à effacer dans fes écrits (6).

Il eſt temps, Monsieur, de revenir à vous. Vous voyez quel vuide la mort de M. l'Abbé d'Olivet laiffe dans nos affemblées. Il ne tiendra qu'à vous de le remplir comme lui, & auffi bien que lui ; c'eſt votre éloge en deux mots : c'eſt auffi le fien. Il étoit affidu ; nous efpérons que vous le ferez : n'ayant aucune efpèce de chaîne ; vous êtes devenu parfaitement libre. Il avoit l'efprit d'ordre & de méthode ; vous avez celui d'analyfe. Il s'occupoit de l'art de penfer & de parler ; vous vous êtes exercé long-temps fur le même objet. Il eſt vrai que vous vous êtes livré à cette étude en métaphyficien, & lui principalement en homme de goût : mais comme ces deux manières de voir, loin de s'exclure, fe rejoignent, quand elles font à un certain degré ; pour peu que vous vous prêtiez à l'objet de l'Académie, elle n'aura qu'à honorer la mémoire d'un de fes membres les plus utiles, & à fe féliciter d'avoir retrouvé en vous ce qu'elle a perdu.

---

(6) Il mourut le 9 Octobre, âgé de quatre-vingt-fept'ans, étant né le premier Avril 1682.

www.ingramcontent.com/pod-product-compliance
Lightning Source LLC
Chambersburg PA
CBHW061623180626
46818CB00005B/2207